Sören Emmzwoaka

**Aus dem Leben eines Rüden:
25 satirische Hundegeschichten**

Sören Emmzwoaka

Aus dem Leben eines Rüden

25 satirische Hundegeschichten

BoD

Bibliografische Information der Deutschen Nationalbibliothek: Die Deutsche Nationalbibliothek verzeichnet diese Publikation in der Deutschen Nationalbibliografie; detaillierte bibliografische Daten sind im Internet über www.dnb.de abrufbar.

© 2016 Sören Emmzwoaka
Herstellung und Verlag:
BoD – Books on Demand, Norderstedt

ISBN: 9783739227603

Inhaltsverzeichnis

Hundisch..7
Finalshit..10
Leithengst..13
Staubsaugertier..16
Namensgebung..19
Duschhelfer..22
Rettungshund...25
Nonverbale Kommunikation..........................28
Wachhund..31
Befehle...34
Schlaf...37
HuTa...39
Schuhe...41
Essen..43
Urlaub...46
Laufen...49
Jagdhund..52
Wecker..56
Wasser..59
Bälle..62
Mensch...65
Auto...68
Hundekot..71
Katzen...74
Leine...77

Hundisch

Hundisch ist ohne Zweifel die leichteste und zugleich die schwerste Sprache der Welt. Sie besteht aus nur vier Vokabeln. Diese lauten Wau und Wuff, was zu erwarten war, sowie Grr und Ah-uh. Da Wau und Wuff austauschbar sind, wird Hundisch zu den äußerst seltenen Drei-Wörter-Sprachen gezählt. Seiner internationalen Verbreitung hat das nicht geschadet. Während sich unter den Menschen die 1887 künstlich geschaffene Plansprache Esperanto nie durchsetzen konnte, ist Hundisch so einzigartig wie konkurrenzlos. Deutsch-Drahthaar und Siberian Husky parlieren ganz ohne Dolmetscher miteinander, selbst wenn sie sich in Spanien treffen.

Längst haben Linguisten die Bedeutung der drei Wörter entschlüsselt. Vielleicht müsste man auch eher von Bedeutungsvielfalt sprechen. Bei Grr ist die Sache noch ganz klar. Es stellt eine Drohung mit Angebot zur Körperverletzung dar. Ein Mensch würde wohl „Ich hau dir auf die Fresse, du Penner" sagen. Zum Einsatz kommt das Grr nicht nur im Notfall oder zum Zwecke der Selbstverteidigung, sondern besonders bei unkastrierten Rüden auch mal auf einem harmlosen Spaziergang. Herrchen und Frauchen sind dann meist einigermaßen schockiert. Es ist eine dieser Situationen, die wie gemalt sind für den Satz „Das hat er ja noch nie gemacht". Einmal ist eben immer das erste Mal. Und auf einen Rüden, der in seinem Leben nur einmal knurrte, wartet die Welt noch.

Das wie eine schlecht geölte Bahnschranke klingende Ah-uh steht zumindest bei meinem Hund Moritz für eine Frage. „Was machen wir jetzt?" will er von mir wissen, wenn ich mich dem Schuhschrank auf weniger als zwei Meter nähere, meine Jacke auch nur anschaue oder fahrlässigerweise den Schlüsselbund klimpern lasse. Moritz glaubt dann zu wissen, dass ich aus dem Haus gehe, und meistens hat er recht. Wie es sich für ein höfliches Herrchen gehört, beantworte ich ihm seine Frage. Über „*Wir* gehen eine Runde joggen" freut er sich mehr als über „*Ich* fahre einkaufen". Er scheint mich zu verstehen.

Bei Wau und Wuff ist die Sache komplizierter. Dass ein Wort sowohl Hallo als auch Tschüss heißen kann, ist mir im Frankreich-Urlaub schon einmal aufgefallen. Aber wenn Wau/Wuff für Hunger, Durst, Ballspielen, Spazierengehen und Hundehaufen steht, hilft nur noch das gute alte Ausschlussverfahren. Am besten füllt man zunächst den Napf mit Futter. Frisst der Hund, lag seine Wortmeldung wahrscheinlich tatsächlich am Hunger. Nach dem Fressen schläft er und verschafft auch seinem Besitzer eine Verschnaufpause. Verschmäht der Hund hingegen den vollen Napf, geht man für das weite Feld an verbleibenden möglichen Ursachen für das Wau am besten – genau: auf ein weites Feld.

„Wuff." Moritz ruft. Ich muss mal eben feststellen, was er will.

Finalshit

Abends muss der Hund noch mal vor die Tür. Zartbesaitete Gemüter nennen das Abendtoilette, bei uns heißt das Unterfangen schlicht „Finalshit". Die Bedeutung der beiden Begriffe und ihrer Kombination setze ich als bekannt voraus.

In der Theorie ist der „Finalshit" ganz easy. Man führt den Hund zum Grünstreifen seines Vertrauens, lässt ihn dort sein Geschäft verrichten und schlendert mit seinem um etwa 200 Gramm erleichterten Vierbeiner wieder zurück ins heimische Wohnzimmer.

In Wahrheit steht aber bereits die Planung des „Finalshits" auf tönernen Füßen. Da man nie wissen kann, ob der letzte Spaziergang des Tages nun 30 Sekunden (passt in eine Werbepause) oder 30 Minuten (passt nicht in eine Werbepause) dauert, drohen die Fernsehzuschauer unter den Hundebesitzern bei komplexeren Filmstoffen stets den Anschluss zu verlieren, wenn sie in den Pausen vor die Tür gehen. Aus reiner Vorsicht empfehle ich daher seit Jahren Ben-Stiller-Filme. Da findet man eigentlich immer wieder hinein.

Nicht nur Hollywood macht einfach weiter, während man mit seinem Hund draußen ist. Auch der FC Hollywood wartet nicht auf beschäftigte Halter mit trödelnden Hunden. Ich habe da meine eigenen Erfahrungen gemacht: In einem Fall habe ich Fußballspieler mit einem 1:0 in die Halbzeitpause verabschiedet und sie erst beim Stand von 1:4 wiedergesehen. Auch die Zeitlupen waren bereits gelaufen. Ich zweifele an meinem Hund, wenn er für seinen Treffer so lange braucht wie andere für vier.

Fußballergebnisse sind nicht das Einzige, was sich im Verlaufe eines handelsüblichen „Finalshits" ändern kann. Auch die Temperatur eines Feierabendbiers nimmt keine Rücksicht auf den auswärtigen Trinker und steigt dramatisch. Natürlich klingelt auch das Festnetztelefon nach monatelanger Funkstille genau in dem Moment, wenn man gerade außer Reichweite ist. Vor einem „Finalshit" empfiehlt es sich daher, alle verbliebenen Abendtermine abzusagen.

Terminfreiheit ist allerdings noch lange keine Garantie für eine gelungene Aktion. Zwar wird der Eintritt des gewünschten Ereignisses immer wahrscheinlicher, je länger Hund und Herrchen auf der Straße sind, das gilt aber leider auch für viele ungewollte Ereignisse wie Hagel, die Begegnung mit einem unbeleuchteten Kampfradler oder den Auftritt des ungekämmten Nachbarshundes. Mancher soll schon den Jahreswechsel oder seinen Hochzeitstag über den „Finalshit" verpasst haben. Wer nicht aufpasst und weder einen Müsliriegel noch eine kleine Wasserflasche mit sich führt, kann leicht in körperliche Nöte geraten. Das entbehrt nicht einer gewissen Ironie, sind Hunger und Durst des Hundes doch überhaupt erst der Grund dafür, dass ein „Finalshit" ansteht.

Trotzdem führt am „Finalshit" kein Weg vorbei. Der Hund mag so tun, als müsste er nicht raus. Glauben Sie ihm kein Wort. Ihr Vierbeiner weiß schlicht, dass er am längeren Hebel sitzt. Wenn Sie abends nicht mit ihm rausgehen, wird er Sie eben nachts aus dem Bett treiben. Dann ist es etwas dringender und der „Finalshit" dauert vermutlich nur 30 Sekunden. Die werden sich aber anfühlen wie 30 Minuten.

Leithengst

Neulich im Fernsehen. Der Sprecher einer Dokumentation über Mustangs in Nordamerika erzählt: „Auf der Anhöhe taucht ein junger Hengst auf. Er wird den bisherigen Leithengst über kurz oder lang zu einem blutigen Kampf herausfordern, aus dem nur einer als Sieger hervorgehen kann. Der Gewinner kann sich dann aus den Stuten der Herde seine Favoritinnen heraussuchen."

Ich kann mir meinen Hund Moritz nicht als einen dieser Hengste vorstellen. Wie ich mich auch bemühe: Ich kann ihn mir immer nur als beide Hengste vorstellen – in Abhängigkeit von der jeweiligen Situation. Wenn Moritz mit den beiden Hündinnen, die er als Angehörige seines Harems betrachtet, unterwegs ist, wird er sie gegen die Avancen von Nebenbuhlern verteidigen wie der alteingesessene Mustang. Es wird ihm gleichgültig sein, ob der Herausforderer größer, stärker, jünger oder schöner ist. Ohne einen anständigen Fight wird er seine Mädchen nicht hergeben. Trifft er aber selbst auf ein paar gut riechende Hündinnen, wird er den Besitzanspruch eines männlichen Begleiters mit schlagenden Argumenten zu hinterfragen wissen.

Herrchen und Frauchen beider Seiten müssen in solchen Fällen den blödsinnigsten Tipp seit Erfindung der Hunderatgeber in den Wind schlagen und dürfen ihre Vierbeiner den Zwist nicht untereinander klären lassen. Sonst gibt es hinterher vielleicht nur noch einen Vierbeiner oder einen Vierbeiner und einen Dreibeiner oder zwei Dreibeiner oder einen Einäugigen und einen Einohrigen – Sie wissen, was ich meine. Am besten ist es natürlich, wenn die zweibeinigen Rudelführer (Sie!) solche Aufeinandertreffen durch vorausschauende Leinenführung und umsichtige Streckenwahl von vorneherein verhindern.

Der Testosteronspiegel von Moritz liegt wie bei den meisten Rüden schon im Normalzustand über Normalnull. Explosionsgefahr tritt jedoch erst ein, wenn sich sein Testosteron mit dem Blut läufiger Hündinnen mischt.

Das passiert regelmäßig. Moritz erschnüffelt die Blutstropfen auf einem Blatt oder einem Grashalm, leckt daran und prompt kommt irgendwo in seinem Innern eine Kettenreaktion in Gang, die das Gehirn ausschaltet, den Paarungswillen aktiviert und die Schmerzgrenze erhöht. Für eine schöne Hündin zieht Moritz gerne in eine Rauferei. Ist kein anderer Rüde in der Nähe, wird die eingesparte Energie in eine Charmeoffensive investiert. Dann werden zum Beispiel die Ohren der Angebeteten ausgeleckt, was gar nicht so einfach ist, da Moritz immer darauf gefasst sein muss, dass die Hündin das gar nicht will. Wenn sie ihn wegbeißt, könnten wieder Ohren im Mittelpunkt stehen – diesmal aber die von Moritz und garantiert nicht mit dem Ziel einer liebevollen Reinigung.

Zum Glück haben es Mutter Natur, die Sesshaftwerdung der Menschheit und die damit verbundene Domestizierung des Wolfes so eingerichtet, dass eher selten ein kampfeslustiger Rüde auf einen vierbeinigen unangeleinten Rudelführer mit einem Haufen läufiger Hündinnen trifft. Oft klingen die „Kämpfe" dann ohnehin schlimmer, als sie sind. TV-Dokumentationen über Mustangs können Sie sich also weiterhin beruhigt anschauen, ohne sie gleich für ein schlechtes Vorzeichen halten zu müssen.

Staubsaugertier

Hunde stellen sich bekanntermaßen gut mit uns Menschen. Wir sind ja auch die Krone der Schöpfung. In dieser Allianz mit der Spitze der Nahrungskette sind den Hunden nicht viele natürliche Feinde geblieben – von Katzen einmal abgesehen. Ein Tier jedoch erwehrt sich hartnäckig seiner Ausrottung und lebt auch noch in unmittelbarer Umgebung des Hundes. Man könnte sogar sagen, Hund und Todfeind leben unter einem Dach.

Die Rede ist vom gemeinen Staubsaugertier. Es ist in der Regel etwas kleiner als ein Hund, hat im Laufe der Evolution von Pfoten auf Rollen umgesattelt und weist einen minimalen Bewegungsdrang von nur rund zwanzig Minuten pro Woche auf. Dieses kurze Zeitfenster reicht dem Staubsaugertier völlig, um durch seinen langen Rüssel genug Nahrung für die kommende Woche aufzunehmen. Staubsaugertiere sind keine Aasfresser, sondern ernähren sich von Dreck. Biologen haben im Bauch toter Exemplare unverdauten Staub gefunden, als habe das Tier gar keinen Stoffwechsel. Wasser benötigen die Staubsaugertiere überhaupt nicht, was einzigartig auf der Welt sein dürfte und sogar die Raumforschung umwälzt:

Was, wenn Leben auch auf wasserlosen Planeten möglich ist?

Biologen halten die Anpassungsfähigkeit und Anspruchslosigkeit der Staubsaugertiere für ihr Erfolgsrezept. Wie sich die Spezies fortpflanzt, ist indessen nicht bekannt. Forscher vermuten aber, dass jenes Geräusch, welches die Tiere bei der Nahrungsaufnahme von sich geben, auch ein Paarungsruf ist. Erhört wird der Ruf allerdings nur selten. Zwar werden die meisten Staubsaugertiere in Zweiergehegen gehalten. Dies erfolgt jedoch nicht gemeinsam mit einem Artgenossen des anderen Geschlechts, sondern mit einem Hund. Beide Spezies können keine Kreuzung zeugen, aber dass ein unkastrierter Rüde es nicht einmal probiert, will was heißen. Der Hass auf die Staubsaugertiere scheint genetisch tief verankert zu sein und es wird nicht mehr lange dauern, bis die Zwangswohngemeinschaften die Tierschützer auf den Plan rufen.

Was Hunde genau an ihren Mitbewohnern stört, wo doch auch eine friedliche Koexistenz möglich und von Seiten der pazifistischen Staubsaugertiere sicher auch erwünscht wäre, ist mir ein Rätsel. Im Falle von Moritz aber vermute ich, dass er dem ungeliebten Mitbewohner jede Sekunde an Aufmerksamkeit neidet und er noch dazu jegliche Lärmerzeugung von über siebzig Dezibel als seinen Kompetenzbereich definiert. Das ist Grund genug für eine Attacke. Als Schwachstelle der Staubsaugertiere hat Moritz ihren Rüssel ausgemacht. Dort beißt er mit Vorliebe hinein. Am heftigsten fällt sein Angriff aus, wenn sich das Staubsaugertier seinem Körbchen nähert. Diesen Platz macht Moritz keiner streitig.

Ich kenne Hunde, die gestehen den Staubsaugertieren zumindest körperliche Unversehrtheit zu und beschränken sich darauf, sich ihnen auf den wöchentlichen Streifzügen in den Weg zu legen. Schon das bringt das Tier in existenzielle Nöte, hat es doch nur diese kurze Phase für die Nahrungsaufnahme.

Der Kampf zwischen Hund und Staubsaugertier ist mit guten Worten kaum zu schlichten. Selbst der UNO-Generalsekretär auf Deutschlandbesuch wäre überfordert. Moritz hält es jedenfalls kaum auf seinem Plätzchen, während der Rivale durch die Wohnung streift, auch wenn er gerade eine eindeutige Anweisung („Auf dein Plätzchen!") erhalten hat. Ich habe festgestellt, dass erst dann Ruhe einkehrt, wenn das Staubsaugertier seinen zehn Meter langen Schwanz einzieht und verstummt. Nachgeben war noch nie Moritz' Stärke.

Namensgebung

Ich glaube, Deutsch-Drahthaar-Züchter möchten manchmal mit Kreuzworträtsellösern tauschen. Während diese bei der Suche nach Hunderassen mit einem bestimmten Anfangsbuchstaben nur einmal fündig werden müssen und dabei sogar die Anzahl der Buchstaben vorgegeben bekommen, müssen sich Züchter pro Wurf gleich mehrere Namen ausdenken. Im ersten Wurf des Zwingers erhalten alle Welpen einen Namen, der mit A beginnt, beim zweiten Mal werden sie auf einen Namen mit dem Anfangsbuchstaben B getauft und so weiter. Doch kaum sind Anton, Armin, August, Alonso, Annette, Amor und Agathe an den Mann gebracht, erhalten sie von ihren neuen Besitzern einen neuen Namen. Herrchen und Frauchen mögen sich auf den Genpool des Zwingers verlassen, der täuferischen Kompetenz des Züchters trauen sie nicht über den Weg.

Wir sind da keine Ausnahme. Auch Moritz ist kein gebürtiger Moritz. Es ist sein Ruf-, nicht sein Zuchtname. Die Fügung hatte uns nämlich bereits auf der Rückfahrt vom Züchter den passenden Namen serviert. Bote des Schicksals war dabei ein Halsband. Es war mit dem Schriftzug „Sankt Moritz" bedruckt und dieser

Namensvorschlag passte einfach – allerdings nur für 10 Kilometer des 300 Kilometer langen Heimwegs. Am Ende seiner ersten Pinkelpause auf einem abgewrackten Parkplatz apportierte der gebürtige Jagdhund eine Porno-DVD aus dem Gebüsch und legte damit seinen Heiligenstatus offiziell ab. Seitdem heißt er nur noch Moritz.

Zum Rufnamen haben sich mittlerweile diverse Alternativen gesellt. Neben Verballhornungen und Verniedlichungen von Momo bis Möhrchen hat sich vor allem die Kurzform Mo durchgesetzt. Bei einem energiegeladenen Rüden kann die eingesparte zweite Silbe den entscheidenden Zeitvorteil bringen, wenn wieder einmal irgendeine Eselei im Keim erstickt werden soll. „Mo" ruft sich verdammt schnell. Moritz hat sich mittlerweile so an das Mo gewöhnt, dass er „Moritz" teils als „Mo, sitz!" versteht und brav gehorcht.

Es kam zu weiteren kuriosen Erlebnissen. Ein Grundschulkind namens Moritz musste vor einiger Zeit in unserer Gegenwart ein paar Minuten über seine Namensvetternschaft zu unserem Hund nachsinnen. Die Gewissheit, nicht nach einem Hund benannt worden zu sein, fand der Junge schließlich ausgerechnet im verhassten Schulfach Mathematik. Eine Überprüfung von Alter und Geburtsdatum ergab, dass der damals einjährige Moritz vermutlich erst nach dem damals schon rund zehn Jahre alten Kind auf die Welt gekommen sein konnte. Die älteren Namensrechte reklamierte der Junge damit völlig zurecht für sich. Ob er Wilhelm Busch und „Max und Moritz" kannte, ist mir nicht mehr gegenwärtig.

Die Frage nach dem optimalen Hundenamen treibt mich nach wie vor um. Bello und Hasso scheiden als die vermeintlich typischen Namen natürlich aus, obwohl ich zugeben muss, noch keinem einzigen leibhaftigen Bello begegnet zu sein. Rex geht ebenfalls nicht, da so bereits ein tierischer Kommissar und nicht zuletzt auch ein Dinosaurier heißen. Cesar, Romeo oder Orlando sind Markennamen von Hundefutterprodukten. Seinen Hund so zu nennen und dann vielleicht auch noch mit „seinem" Markenprodukt zu füttern, grenzt für mich an Kannibalismus.

Wenigstens dürfen der Züchter bzw. Herrchen und Frauchen ihrer Kreativität noch freien Lauf lassen. Bei Menscheneltern ist das anders, manchem Pumuckl blieb die Eintragung ins Familienbuch versagt. Was wohl geschieht, wenn diese Standesbeamten ins Veterinäramt strafversetzt werden?

Duschhelfer

Moritz kommt immer mit zum Duschen. Zwar scheut er dabei vor der letzten Konsequenz zurück und geht nicht mit unter die Dusche. Aber es vergehen keine dreißig Sekunden, nachdem der erste Wassertropfen in die Duschwanne gefallen ist, bis Moritz sein Haupt auf den Duschvorleger bettet. Es macht keinerlei Unterschied, ob Herrchen oder Frauchen sich einer Körperreinigung unterziehen. Moritz begleitet uns beide. Ob er auch einem Gast ins Badezimmer folgen würde und ob diesem dabei ganz wohl wäre, steht noch zu prüfen. Freiwillige vor.

Über die Beweggründe von Moritz, sein lauschiges Plätzchen vor dem Wohnzimmerkamin gegen die kalten Badezimmerfliesen einzutauschen, kann ich eigentlich nur spekulieren, aber ich vermute altruistische Motive. Sollten Herrchen oder Frauchen unter der Dusche ausrutschen, sich den Kopf am Boden aufschlagen und elendig zu verbluten drohen, könnte uns Moritz ins Ohrläppchen beißen, über den Rand der Wanne ins Trockene ziehen und wahlweise wachküssen oder Mund zu Mund beatmen. Anbellen bis zum Aufwachen geht auch. Ich bin froh, einen solchen Schutzengel zu haben.

Umso irritierter war ich lange Zeit angesichts seiner Gleichgültigkeit gegenüber unseren anderen Aktivitäten. Wenn wir eine Glühbirne wechseln, die Fenster putzen oder den Boden wischen, verzieht der Drahthaar keine Miene. Dabei müsste doch auch er die Versicherungsstatistiken kennen, wonach die meisten Unfälle bei solchen Hausarbeiten passieren und eine heiße Dusche wohl eher zu den Freizeitaktivitäten zählt.

Irgendetwas musste das Duschen vom Putzen, Wischen und Birnewechseln unterscheiden. Ich wusste bloß zunächst nicht, worin der Unterschied bestehen konnte. Nach einem intensiven Videostudium der über drei Monate hinweg aufgezeichneten Aktivitäten fiel mir aber auf, dass wir tatsächlich beim Duschen das allerhöchste Risiko eingingen. Während wir die Sicherung rausnahmen, um die Glühbirne zu wechseln, uns beim Fensterputzen an der Leiter festhielten und beim Wischen rutschfeste Schuhe trugen, stiegen wir immer gänzlich ungesichert unter die Dusche. Die Lebensmüdigkeit krönte der an Duschtag 17 bei Minute 5:36 dokumentierte Versuch, einbeinig auf eingeseiftem Boden zu balancieren, um beidhändig den Fuß am Ende des anderen Beins zu schrubben. Wäre das schiefgegangen, hätte Ersthelfer Moritz zur Tat schreiten müssen.

Wenn auch Sie feststellen, dass Sie Ihr Hund bei bestimmten Tätigkeiten nicht aus den Augen lässt, dann sollten Sie dringend die Sicherheitsvorkehrungen auf den Prüfstand stellen und dabei auch TÜV und DIN konsultieren.

Einzige Ausnahme sind Hunde, die Ihnen an den Herd folgen. Die warten einfach nur darauf, dass ein Stück Fleisch herunterfällt.

Rettungshund

Moritz ist ein Rettungshund. Das darf man durchaus wörtlich nehmen. Er ist darauf trainiert, seinen Teil dazu beizutragen, dass Verschüttete aus ihrer verbesserungswürdigen Lage befreit werden. Moritz' Anteil an der Rettung eines Opfers besteht darin, auf einem Trümmerfeld dessen Aufenthaltsort zu erschnüffeln und es dann so lange anzubellen, bis die zweibeinigen Rettungskräfte kommen. Sie belohnen Moritz mit einem Spielgerät, befreien den Verschütteten und arrangieren – falls gewünscht – hinterher auch ein Foto des Geretteten mit seinem vierbeinigen Lebensretter.

Soweit die tagesschaureife Lage an der Front. Ein Training läuft etwas anders ab. Eine Truppe von Rettungshundeleuten trifft sich im Wald, formt einen Halbkreis und wählt ein paar Opferdarsteller aus der Gruppe aus. Das klingt im Slang von Handtaschendieben und Jugendbanden ungefähr so: „Du bist Opfer." Auch der Zeigefinger kommt zum Einsatz.

Haben sich die „Opfer" im weitläufigen Areal versteckt, werden die Hunde abgeleint. Das geschieht einzeln und mit dem Befehl „Such".

Hat der Hund das Gelände abgesucht und ein „Opfer" gefunden, muss dieses möglichst laut und möglichst lange angebellt werden. Erst nach einigen Sekunden belohnt das „Opfer" den Hund mit einem Ball oder einem Leckerli – je nachdem, was dem jeweiligen Hund ein Menschenleben wert ist. Moritz und Konsorten laufen anschließend zum Hundeführer zurück.

Es gibt Tage, da trainieren nicht nur die Hunde für den Ernstfall, sondern – unfreiwillig – auch die Opferdarsteller. Dann ist das Versteck so eng, der Boden so matschig oder der Wind so kalt, dass eine tatsächliche Verschüttung fast ihren Schrecken verliert. Zu allem Überfluss kann es passieren, dass man von einem übereifrigen Hund über den Haufen gelaufen wird, getreu dem Motto: Rettung gelungen, Opfer tot.

Der signifikante Unterschied zwischen Training und Einsatz besteht in der Person, die den Hund bestätigt, ihn also mit Ball oder Leckerli belohnt. Im Training macht das ein „Opfer", im Katastrophenfall jedoch der Hundeführer. Schließlich soll der Hund so lange an der Fundstelle verharren und Laut geben, bis das Rettungsteam (mit Ball) zur Stelle ist. Sobald der Hund seine Belohnung hat, interessieren ihn Einzelschicksale nur noch peripher.

Das macht insbesondere die Bergung von Verschütteten aus Sporthallen und Supermärkten zu einem Glücksspiel. Sollte Moritz zum Beispiel auf einen verschütteten Tennisspieler treffen, von dem über der Trümmernarbe nur noch ein halber Kopf mit Stirnband sowie eine Hand mit Ball zu sehen sind, wird er höchstens einmal bellen, sich dann aber den Ball schnappen und verschwinden. Es ist ja nicht seine Schuld, wenn einige Mitspieler die Regeln nicht beherrschen.

Nonverbale Kommunikation

Wenn Hunde eins draufhaben, dann ist es nonverbale Kommunikation. Ihre Sprache mag sich in wenigen Worten erschöpfen und unweigerlich auf das universal einsetzbare Wau hinauslaufen, aber in Mimik und Gestik macht ihnen so schnell keiner etwas vor. Das Repertoire von Hunden geht dabei deutlich über den sprichwörtlichen Dackelblick hinaus.

Das Schönste an hundischer Kommunikation ist ihre Ehrlichkeit. Ihre Körpersprache ist sogar so ehrlich, dass man sich fragen muss, wie „krummer Hund" zu einer geläufigen Bezeichnung für einen hintertriebenen Typen werden konnte. Vielleicht müsste es eher „krumme Katze" heißen, dann hätte man auch eine schöne Alliteration, wenngleich sie dem Paradebeispiel aus dem Tierreich („Zehn Ziegen ziehen zehn Zentner Zimt zum Zoo") haushoch unterlegen und möglicherweise genauso unwahr ist.

Abzulesen ist die Stimmung von Hunden gemeinhin schon an Rutenstellung und Körperhaltung. Ein auf allen vier Pfoten stehender Hund mit locker herunterhängendem Schwanz gilt als aufmerksam. Das ist gewissermaßen die Grundstellung. Gemeinhin werden Zähnefletschen, ein Buckel und ein aufgestellter Haarkamm als Aggressivität, eine Bauchlage als Unterwerfung, eine wedelnde Rute als Freundlichkeit und ein eingezogener Schwanz als Angst gedeutet.

So allgemeingültig die Botschaft gewisser Körperhaltungen ist, so individuell ist der Code zwischen dem einzelnen Hund und seinem Besitzer. Moritz' Verhaltensweisen habe ich mittlerweile entschlüsselt. Wenn er mir einen Schuh bringt, will er mit mir laufen gehen. Schleppt er bald darauf auch einen zweiten Schuh an, ist er nicht mehr bereit zu warten. Unterschiede in Farbe oder Größe der Schuhe oder auch ihre völlige Unbrauchbarkeit für Joggingzwecke muss ich an dieser Stelle ignorieren.

Morgens nach dem Aufstehen setzt sich Moritz meist kerzengerade vor mich auf den Boden. Es ist ein fast soldatisches Strammstehen, wenn es nicht im Sitzen geschehen würde und sein Schwänzchen dabei nicht so wackeln würde, dass man sich an einen Hubschrauberpropeller erinnert fühlt. Der Drahthaar verlangt als Start in den Tag offenbar erst einmal eine kräftige Umarmung. Die soll er auch kriegen.

Auf seinen knurrenden Magen macht Moritz

aufmerksam, indem er seinen Kopf auf meinen Oberschenkel legt. Passenderweise tut er dies meist, wenn ich selber gerade esse. Dadurch muss er nur zwei Wörter gedankenübertragen: Und ich?

Normalerweise ist Moritz' Lieblingsplätzchen ein gutes Stück von der Haustür entfernt. Wenn er aber den Verdacht hegt, Herrchen und Frauchen könnten in nächster Zeit das Haus verlassen und ihn womöglich vergessen, legt er sich direkt vor die Tür – einfach, um sich noch mal in Erinnerung zu rufen.

Haben wir mit ihm je den Film „Kevin allein zu Hause" gesehen?

Wachhund

Bestechung ist ein großes Thema in der Wachhundebranche. Gewiefte Einbrecher versuchen wachsame Vierbeiner mit ein paar Scheiben Fleischwurst freundlich zu stimmen oder unter Beimischung weiterer Zutaten sogar zu betäuben. Es gibt Hunde, die nehmen einen Fremden mit Wurst in ihrem Revier zwar wahr, vergessen aber bald sowohl den Teil mit dem Fremden als auch jenen mit dem Revier und interessieren sich nur noch für die Wurst. Ist diese vertilgt, kann durchaus der Gedanke daran zurückkehren, dass der Wurstspender hier doch gar nicht hingehört, aber dann ist es meist zu spät. Der Vierbeiner muss erkennen, dass man ihn ausgetrickst hat und er sich in der Abstellkammer hinter einer verschlossenen Tür befindet. Draußen räumen die Kriminellen in aller Ruhe die Bude aus.

Moritz könnte das niemals passieren. Einbrecher mit Wurst bekommen bei ihm höchstens mildernde Umstände im Vergleich zu Dieben ohne Wurst. Dafür bekommen Einbrecher, deren Wurst verdächtig nach einer unbekömmlichen Beimischung riecht, eine extra harte Strafe. Auf einen Richterspruch würde Moritz dabei nicht warten. Was gibt es schon zu diskutieren, wenn man einen Einbrecher auf frischer Tat ertappt hat? Moritz' Urteil läuft vermutlich auf Bisse in Hände und Beine hinaus, womit er sich erkennbar am Rechtssystem Saudi-Arabiens orientiert. Dort zielt die Bestrafung zum Beispiel eines Diebes durch Amputation der Hand schließlich auch auf das ausführende Körperteil ab.

Moritz ist die fleischgewordene Version einer stillen Alarmanlage mit eingebauter Plausibilitätsprüfung. Betritt eine Person die Wohnung, berücksichtigt er Uhrzeit, Art des Zutritts, Anzahl der bereits in der Wohnung befindlichen Menschen, Schrittmuster und Stimmfarbe. Sollte sich eine Person nachts Zutritt zur Wohnung verschaffen, in der bereits Herrchen und Frauchen schlafen, dabei keinen klimpernden Schlüssel benutzen, was vielleicht ein Verwandter in einer Notfallsituation tun würde, und seine ehrlichen Absichten nicht verbal kundtun, so ist er vermutlich als Wachhund gefordert. Mit einem letzten Kontrollblick um die Ecke stellt Moritz sicher, nicht aus Versehen einen Hundesitter, Hausfreund oder Gast in seine Schranken zu weisen und schreitet zur Tat.

Ich kenne Hunde, die differenzieren kaum zwischen Freund und Feind, Tag und Nacht oder

Hausrecht und Einbruch: Sie bellen einfach immer, sobald sich eine Person dem Haus nähert. Dies hat sicher einen prophylaktischen Effekt. Wenn ich ein Einbrecher wäre, würde ich den Weg des geringsten Widerstands gehen und mir ein Ziel ohne Hund suchen.

Wenn man das jetzt noch versicherungsmathematisch unterfüttern könnte, müsste Hundebesitz zu einem Tarifierungsmerkmal werden und analog zur Garagennutzung in der Kaskoversicherung die Versicherungsprämie für die Hausratversicherung reduzieren.

Befehle

Hunde sind wie Soldaten: Gehorsam ist eine Schlüsselqualifikation. Ihre Beziehung zu Herrchen und Frauchen ist daher immer auch ein Verhältnis zwischen Befehlsempfänger und Befehlshaber. In unserer kleinen Armee gibt es mit Herrchen und Frauchen zwei Offiziere, aber nur einen Soldaten. Das ist Moritz. Manchmal treten wir das Oberkommando auch vorübergehend an den Hundesitter ab. Das war es dann aber auch schon mit interimistischer Befehlsgewalt. Kommt ein Gast auf die Idee, Moritz einen Befehl zu erteilen, schaut uns der Drahthaar mit großen Augen an, als wollte er fragen: „Darf der mir etwa was vorschreiben?" Wir verneinen die Nachfrage meist durch eisernes Schweigen und Nicht-Wiederholung des Befehls, Moritz versteht, dreht dem Besucher die kalte Schulter zu und marschiert davon.

Den üblichen Katalog an Befehlen haben wir erfolgreich einstudiert: „Fuß", „Platz" und „Sitz" sitzen. Darüber hinaus bellt Moritz auf „Gib Laut!", hebt Pfote und Nase auf die gleichnamigen Anweisungen hin, steht gerade auf allen Vieren bei „Steh!" und geht in im Rahmen von Erziehungsmaßnahmen beleidigt

„auf dein Plätzchen!". Aus dem Jagd- und Rettungshundewesen kommen noch ein gutes Dutzend Befehle hinzu. Ab und zu profitiert Moritz auch von Anweisungen, die sich an andere Hunde richten. Es gibt da nämlich eine Hündin, die ihm nach einem auffordernden „Fang den Mo!" nachsetzt, ohne die geringste Chance zu besitzen, den wendigen Drahthaar zu erwischen. Moritz hat einen Riesenspaß an der Verfolgungsjagd. Die Hündin vermutlich auch, aber das würde sie nie zugeben.

Der außergewöhnlichste Befehl aber lautet „Popo ran". Obwohl die Anweisung dreisilbig und damit für Hundegehirne schon relativ komplex ist, beherrscht Moritz die Ausführung fehlerfrei. Bevor ihn der Befehl ereilt, sitzt er in der Regel einen Meter von seinem Frauchen entfernt und in keiner vorbestimmten Position. Sobald er aber seinen Lieblingsbefehl vernimmt, katapultiert Moritz sein Hinterteil mit einer solchen zielsicheren Wucht durch die Luft, dass Heck und Rest-Hund genau seitlich von Frauchens linkem Stiefel wieder auf dem Boden landen. Ein Zeuge – zufälligerweise ein Zirkusdirektor aus Zwickau – wollte uns mit dieser Nummer schon für seine Show buchen.

Herrchen hat dem Hund die wenigsten Befehle beigebracht. Das auf ein heftiges Ziehen hinauslaufende „Weiter" beim gemeinsamen Dauerlauf kann ich kaum für mich reklamieren, da Moritz es vom Tag an, als er sein Laufgeschirr bekam, automatisch so gemacht hat. Derzeit versuche ich Links- und Rechtskurven mit einer entsprechenden Bemerkung anzukündigen, damit ich irgendwann einen Hund habe, der Richtungen und Straßenseiten unterscheiden kann und sich auch in einer Rechts-vor-Links-Zone bewährt. Außerdem würde ich gerne mal die politische Lage mit ihm diskutieren.

Ernst wird es, wenn der Hund Befehle ignoriert. Dann steht die Hierarchie in der Armee auf dem Spiel und eine erfolgreiche Meuterei geht für die Offiziere selten gut aus. Daher helfe ich auch manuell nach, wenn eine Wiederholung des Befehls oder die Tieferlegung der Stimme nicht helfen. Ich kenne keine Armee mit antiautoritärer Grundausbildung.

Schlaf

Wenn Menschen vorgeben, etwas im Schlaf zu können, ist diese Behauptung mit Vorsicht zu genießen. Sie ist meist nur im übertragenen Sinn gemeint. Ein Mann, der im Schlaf rückwärts einparken kann, beherrscht dieses Kunststück nicht wirklich. Und eine Frau, die im Schlaf angeblich auf Zwanzig-Zentimeter-Absätzen laufen kann, übertreibt um mindestens fünf Zentimeter. Beides – das schlafwandlerische Einparken und auch das verträumte Stöckeln – würden so gut wie sicher in Unfällen enden. Zur Nachahmung nicht zu empfehlen.

Moritz dagegen kann seine Kernkompetenzen auch im Schlaf abrufen. Unterbewusstes Laufen, Knurren und Pupsen bereiten ihm nicht die geringsten Schwierigkeiten. Ich bin mir da so sicher, weil man seine Aktivitäten sehen, hören und leider auch riechen kann. Die Zuordnung der Tätigkeiten zu den einzelnen Sinneswahrnehmungen erspare ich mir hier.

Am auffälligsten ist das Knurren im Schlaf. Es tritt mindestens drei Mal pro Woche auf und klingt fast noch gefährlicher als in der Realität. Da Moritz die unglaubliche Fähigkeit entwickelt hat, in seinen Träumen selbst Regie zu führen, gewinnt er natürlich jede imaginäre Rauferei und wacht mit abermals gestärktem Selbstvertrauen in der Wirklichkeit auf. Sein Kampfrekord steht mittlerweile bei 52:0 – alle Siege durch klassischen Knock-out, technischen K.o., Aufgabe des Gegners oder Handtuchwurf von dessen Trainer-Herrchen.

Seine Giftgasattacken hat Moritz schon im Wachzustand nicht unter Kontrolle. Er wundert sich manchmal über die Lautstärke seiner Fürze und schaut uns dann vorwurfsvoll an, als seien wir es gewesen. Mit olfaktorischer Zurückhaltung ist also auch im Schlaf nicht zu rechnen, obwohl Moritz diese manchmal selbst am nötigsten hätte. Immerhin ist es schon passiert, dass er von der Lautstärke seiner eigenen Fürze aufgewacht ist und mit einer Unschuldsmiene sondergleichen den Tatort verlassen hat. Er kehrt prinzipiell erst dann zurück, wenn die Luft wieder rein ist.

Der Dauerlauf im Schlaf sieht verdammt realistisch aus, auch wenn er in der stabilen Seitenlänge unter weitgehender Ausschaltung der Schwerkraft erfolgt. Eine Muskelkontraktion ist nicht abzustreiten. Ich bringe es aber bislang nicht über das Herz, Moritz' Traumläufe mit Spaziergängen oder Dauerläufen in der wirklichen Welt zu verrechnen.

HuTa

Wohin nur mit dem Hund? Für ein Paar, das nicht die klassische Rollenverteilung praktiziert, wonach der Mann arbeitet und die Frau auf Hund und Kind aufpasst, ist das eine schwierige Frage. Das Familienministerium hat zuletzt auch nichts mehr zur besseren Vereinbarkeit von Beruf und Hund beigetragen. Vielleicht glaubt man dort an die Formulierung aus dem Bürgerlichen Gesetzbuch, derzufolge Tiere zwar keine Sachen sind, aber als solche behandelt werden dürfen. Eine Sache kann man zehn Stunden lang in die Ecke stellen. Der Tisch hat sich noch nie beschwert. Bei Moritz würde ich jedoch mit Protest rechnen. Also haben wir unsere Optionen geprüft.

Theoretisch bietet sich eine Reihe von Möglichkeiten. Der Hund kann zum Beispiel eine kostenpflichtige Hundetagesstätte besuchen. Wir haben allerdings festgestellt, dass niemand zehn- oder elfstündige Öffnungszeiten anbietet, wie wir sie bräuchten. Manche Arbeitgeber gestatten es ihren Angestellten, sozialverträgliche Hunde mit in den Job zu bringen. Einige Vierbeiner mausern sich sogar zum Bürohund und sind sozialverträglicher als der Kollege von nebenan. Ein Einzelbüro ohne direkten

Kundenkontakt scheint wie gemalt für die Mitnahme des Hundes an den Arbeitsplatz. In unserem Fall sind die Chefs trotzdem dagegen. Ein Schreiben an die Gewerkschaft, demnächst mal über eine Hundemitnahmeerlaubnis zu verhandeln, anstatt immer nur über Gehaltserhöhungen, blieb unbeantwortet.

Eine dritte Möglichkeit bestünde darin, ganz in die Nähe der Arbeitsstelle zu ziehen, um sich wenigstens in der Pause um den Hund kümmern zu können. Dann würden aus vermutlich schon tierschutzrelevanten acht Stunden Einsamkeit erträglichere vier. Bei genauerer Betrachtung schmilzt das Zeitfenster unter Berücksichtigung von Hinweg und Rückweg aber auf vielleicht fünfzehn Minuten zusammen, die an einigen Tagen nicht einmal reichen dürften, dass der Hund sein Geschäft macht.

Wir haben uns deshalb für die vierte Alternative entschieden: eine private HuTa in einer Dreiergruppe mit geschultem Personal, zwei Fütterungen täglich, individueller Betreuung, zwei Spaziergängen, Öffnungszeiten von 7 Uhr bis 19 Uhr (nach Vorankündigung auch länger) und Abholservice. Klingt unbezahlbar, ist aber kostenlos. Frauchens Mutter will einfach kein Geld annehmen. Die schlechte Botschaft an alle Interessenten: Sie ist ausgebucht.

Schuhe

Moritz ist von einer schier unmännlichen Faszination für Schuhe erfasst. Ihn ziehen Treter aller Formen, Farben und Zwecke magisch an. Damit unterscheidet er sich nicht von Frauen, die an keinem gut sortierten Schaufenster vorbeigehen können, ohne den besonders hohen, besonders flachen, besonders bequemen, besonders grellen, besonders unauffälligen, besonders schwarzen, besonders gedämpften oder auf andere Art besonderen Schuh kaufen zu müssen. Auch für Moritz gilt: Er muss sie alle haben.

Mich hat seine Besessenheit schon immer gewundert. Aus zweierlei Gründen: Erstens geht auch Moritz – bei allem Talent und allen Fähigkeiten, die man ihm zuerkennen muss – noch auf allen Vieren und sogar im Winter ohne Fußbekleidung aus dem Haus. Und zweitens entspricht er als unkastrierter heterosexueller Rüde in keinster Weise der Zielgruppe einer globalisierten Schuhindustrie.

Da Moritz die Schuhe nicht anprobieren und tragen und nicht im Internet bestellen oder kaufen kann, muss er seinen Trieb auf andere Weise befriedigen. Er tut dies, indem er an den

Schuhen seine fünf Sinne schult. Nachdem er ein Paar Schuhe gesehen, gepackt und in sein Körbchen verschleppt hat, riecht und leckt er daran, nur um kurz darauf ein wütendes „Moritz!" von Seiten Herrchens oder Frauchens zu hören.

Weil Moritz seinen Tastsinn über Maul und Zähne ausübt, können die Schuhe auch mal Schaden nehmen. Wie durch ein Wunder sind aber bislang die teuersten und wichtigsten Treter heil geblieben. Ich nehme an, Moritz weiß durch die intensive Sinneswahrnehmung aller Facetten des Schuhs, ob es sich um Lieblings- oder Büroschuhe handelt. Eine Beschädigung dieser Schuhe würde unweigerlich in die Anschaffung eines abschließbaren Schuhschranks münden, was Moritz von der Versorgungslinie gänzlich abschneiden würde. Das Risiko ist ihm zu hoch.

Seine Schuhquellen sind Moritz wirklich heilig. Briefträger oder Paketboten gehören bei ihm zur Familie und werden fein säuberlich von unbekannten Personen getrennt, die sich der Wohnung nähern. Wenn der richtige Bote mit dem richtigen Paket klingelt, schreit, pardon: bellt Moritz vor Glück.

Essen

Menschen essen, Hunde fressen. Diese sprachliche Spitzfindigkeit ist kein Zufall. Man kann die Methoden, mit Hilfe derer Moritz seine Nahrung aufnimmt, nicht mit der zivilisiertmenschlichen Art und Weise gleichsetzen. Theoretisch müsste man dann zwar auch ein Hunde-Wort für „laufen" erfinden, denn Vierbeiner bewegen sich mit vier Beinen fort, während zumindest der nüchterne Teil der Menschheit lediglich zwei Gliedmaßen dafür benötigt, aber beim Essen scheint mir die Differenzierung weitaus dringlicher.

Dass Moritz nicht mit Messer und Gabel isst, keine Serviette benutzt und während des Fressens rülpst, dass Luther seine Freude hätte, will ich ihm gar nicht vorwerfen. Möglicherweise würde er es schaffen, sich an den Tisch zu setzen, aber das wollen Herrchen und Frauchen nicht. Was mich an seiner Technik stört, ist, dass sie auf etwas hinausläuft, was Frauchen als „das große Matschen" bezeichnet.

Kaum ist Moritz' Napf randvoll mit Trockenfutter und Pastete gefüllt, nähert sich der Drahthaar zur ersten Begutachtung. Er schaut, riecht und probiert vielleicht auch einen Bissen, doch so geht es leider nicht weiter. Stattdessen nimmt Moritz den Mund voller Futter, dreht den Kopf im 90-Grad-Winkel nach links und spuckt es auf die Küchenfliesen. Anschließend inspiziert er jeden Krümel einzeln, bevor er ihn hastig verschlingt. Hat er Angst, wir könnten das Futter mit Scherben versetzt haben?

Es mag auch Menschen geben, die sich am Tisch nicht benehmen können, die die Ellenbogen aufstützen, mit dem Besteck klimpern, schlürfen, würgen und rülpsen, außerdem Kinder, die keinen Rosenkohl mögen, ihren Teller nicht aufessen und nur auf den Nachtisch spekulieren: Es ist allemal appetitlicher als unser Moritz.

Besser läuft da schon das Essen im Restaurant. Dies liegt allerdings im Wesentlichen daran, dass dann Herrchen und Frauchen essen und Moritz lediglich dabei sein soll. Meistens entsteht diese Notwendigkeit im Sommerurlaub, wenn der Hund nach einer Wanderung nicht im brütend heißen Auto warten kann. Also suchen wir uns ein Restaurant, das die Mitnahme von Hunden gestattet. Mancher Kellner stellt den Vierbeinern gar einen Wassernapf hin – eine für Tierwohl und Trinkgeld gleichermaßen effektive Maßnahme. Das war es dann aber auch schon an kulinarischer Berücksichtigung des Hundes. Moritz muss sich unter den Tisch legen und darauf hoffen, dass ein Stück Fleisch herunterfällt. In der Reihenfolge absteigender Beliebtheit gehen auch Nudeln und Salat – nur die Gurke bleibt liegen.

Auswärtiges Essen mit Hund ist auch für die Besitzer nicht ganz leicht. Hier gibt es zwar keine schmatzende Begleitmusik wie zu Hause. Wir müssen im Restaurant jedoch allerhand bedenken. So soll sich niemand vor dem Hund erschrecken, ihm soll kein Kellner auf die Pfote treten und Moritz soll auch nicht zu einer hübschen Hundedame in Richtung Nachbarstisch Reißaus nehmen, selbst wenn sie besser riecht als das Essen auf dem Tisch.

Da kommt mir eine Idee: Vielleicht sollten wir die Hundedame auf einen Napf zu uns nach Hause einladen und schauen, ob sich Moritz' Tischmanieren dadurch endlich ändern.

Urlaub

Urlaub mit Hund stellt für Reisebüros nur ein Nischenprodukt dar. Eher findet man Angebote für Bergsteiger in Holland, Wellness-Urlauber in Afghanistan oder Segelfreunde in Luxemburg. Wir sind daher dazu übergegangen, uns die Reisen selber zusammenzustellen. Das Prozedere ist jedes Jahr ähnlich:

Im ersten Schritt müssen wir den Zeitraum für die Reise festlegen. Das ist ziemlich einfach. Die Schulferientermine überlassen wir freiwillig den kinderreichen Kollegen, die mal eben das Doppelte von dem Betrag hinlegen, den wir einen Monat später für das gleiche Angebote löhnen. Außerdem versuchen wir, unseren Urlaub mit den Planungen unseres Hundesitters zu synchronisieren. Wenn das klappt, haben wir uns die Suche nach einer Urlaubsvertretung und gleich auch noch das Geld für diese gespart. Aber nichts ist völlig umsonst: Wir bezahlen mit einer eigenen Meinung in Bezug auf Urlaubsdauer und Zeitpunkt, denn die Wünsche des Hundesitters haben natürlich immer Vorrang. Wenn der Sommerurlaub in den Oktober fällt, fallen wir mit.

Über das Reiseziel können wir hingegen noch

selbst entscheiden. Da wir Moritz eine stressige Flugreise im Frachtraum ersparen wollen, kommen für unseren Sommerurlaub nur die Nachbarländer Deutschlands in Frage. Diese sind in aller Regel mit einer maximal neunstündigen Autofahrt zu erreichen. Vielleicht würden wir es in dieser Zeit unter Zuhilfenahme der linken Spur und unter äußerster Ausreizung des knappen Knöllchenbudgets auch nach Italien schaffen, aber wir wollen verhindern, dass sich Moritz im Mittelmeerraum mit Leishmaniose infiziert.

Haben wir das Reiseziel gefunden, müssen wir noch eine grundsätzliche Entscheidung treffen: Hotel oder Ferienwohnung? Hotels liegen in der Regel zentraler und sind auch etwas preiswerter als ein eigenes Ferienhaus. Frühstück oder Halbpension machen einen Urlaub darüber hinaus weitaus bequemer, als wenn jede Mahlzeit selbst im örtlichen Supermarkt zusammengekauft werden muss. Wir haben uns bislang trotzdem immer für eine Ferienwohnung entschieden. Einen eigenen Garten in abgelegener Lage wiegt kein Frühstück der Welt auf. Außerdem kann auch ein Aufenthalt im Hotel in Stress ausarten, wenn Herrchen und Frauchen immer darauf achten müssen, dass sich die anderen Gäste nicht vom Hund gestört fühlen und dieser das unbedarfte Zimmermädchen nicht für einen Eindringling in sein neues Zuhause hält. Es fehlt neben dem grünen („Bitte Zimmer säubern") und dem roten Türklinkenschild („Bitte nicht stören") ein dunkelrotes, das besagt: „Vorsicht: Hund denkt, das Hotelzimmer sei seine neue Wohnung."

Gute Erfahrungen haben wir vor allem in Deutschland, den Niederlanden, Dänemark und Tschechien gemacht. Solange Herrchen oder Frauchen alle stinkenden Hinterlassenschaften ihres Hundes entfernen und sich an die Leinenpflicht halten, stoßen sie bei den Eingeborenen auf keine größeren Vorbehalte. Ganz im Gegenteil: Es finden sich bei guter Vorbereitung genügend Hundestrände, Hundewälder sowie auch Restaurants und Sehenswürdigkeiten, welche die Mitnahme von Hunden gestatten. Und wenn der Vierbeiner etwa in einer Kirche, einem Barockgarten oder einem Museum verständlicherweise nicht erwünscht ist, können wir nacheinander hineingehen, während der jeweils andere draußen mit Moritz wartet.

So schlagen wir uns durch Mitteleuropa. Unser absolutes Traumland „Niederdeutschechomark" muss allerdings erst nach ausgerufen werden und ich fürchte, dass das europapolitisch nicht durchsetzbar ist.

Laufen

Der innere Schweinehund ist ein vierbeiniges Fabelwesen, das nur im Kopf eines Möchtegern-Sportlers existiert, und nichts besseres zu tun hat, als diesen von körperlicher Betätigung abzuhalten. Will sich die Person, in deren Bewusstsein sich der Schweinehund eingenistet hat, bewegen, meldet sich das kleine Teufelchen mit allerhand Ausreden. „Du bist doch gestern schon gejoggt", ist eine davon oder aber: „Du hast heute Nacht wirklich nicht gut geschlafen, vielleicht ruhst du dich besser auf der Couch aus." Denkbar sind auch Varianten des Satzes „Draußen ist es zu kalt/zu warm/zu nass/zu glatt/zu stürmisch/zu dunkel". Darüber hinaus kann es natürlich auch zu früh, zu spät, zu kurzfristig oder zu gefährlich sein. Auch könnten sich die Laufsachen in der Wäsche befinden. Und was läuft eigentlich gerade im Fernsehen?

Moritz hat meinen Schweinehund längst aus dessen Revier vertrieben. In meinem Kopf herrscht er jetzt ganz alleine. Moritz suggeriert mir das exakte Gegenteil der vorgenannten Sätze, zum Beispiel: „Wenn wir gestern gelaufen sind, können wir das auch heute machen." Wetterkapriolen lässt er als Ausreden ohnehin nicht gelten. Wahrscheinlich muss ich das von seinem Standpunkt aus betrachten: Wenn er bei Regen bis auf die Haut nass wird und trotzdem joggen möchte, kann ich mich mit meinen wasserdichten, atmungsaktiven Marken-Laufklamotten überhaupt nicht beschweren. Auch bei den Uhrzeiten zeigt sich Moritz flexibel. Er geht morgens genauso gerne joggen wie abends. Alles kein Problem.

So kommt es, dass meine jährlichen Laufkilometer unter der Anschaffung des Drahthaars nicht gelitten haben, wie ich zunächst befürchtete, sondern auf ein fast professionelles Niveau gehoben wurden. Moritz und ich kommen bei konservativer Schätzung (50 Wochen mal 30 Wochenkilometer) auf 1500 gemeinsame Kilometer pro Jahr. Unsere Standardstrecke ist zehn Kilometer lang und ersetzt damit einen Spaziergang. Möglicherweise entspricht ein Lauf auch zwei Spaziergängen, aber dafür gibt es leider keinen börsengehandelten Umrechnungskurs. Joggen mit Hund bedeutet in jedem Fall, zwei Hobbys in einem ausüben zu können. Fehlt eigentlich nur noch, dass ich während des Dauerlaufs ein Buch lesen kann. Auch ein Kaffee wäre nett.

Anfangs bin ich einfach mit der Hundeleine in der Hand und dem Vierbeiner vornedran losgerannt. Zwei Zerrungen im Schulterbereich später stellte ich bei einem Besuch im örtlichen Haustierbedarffachgeschäft fest, dass die Menschheit längst sogenannte Canicross-Laufgürtel erfunden hatte, die den Zug des Hundes dahin leiten, wo er hingehört: auf die Straße. Ich verrechnete die Anschaffungskosten mit der Ersparnis künftiger Physiotherapien und kam auf ein Ergebnis von plus 300 Euro. Der Gürtel war mir also eine Investition wert. Moritz kaufte ich bei der gleichen Gelegenheit ein Laufgeschirr, dessen Hersteller mit Huskys auf der Verpackung warb. Bei mir verfing der Werbetrick: Was für Huskys gut genug ist, müsste auch für Moritz reichen. Eine Leine verbindet den Panikhaken am Gürtel mit dem Schwanzende des Geschirrs. Eine Befestigung am Halsband ist nur für Läufer eine Option, die ihren Hund strangulieren wollen.

Ich war der festen Überzeugung, dass Moritz und ich durch die neue Ausrüstung gefeit sind gegen unvorhergesehene Vorfälle bei den sogenannten Sechs-Pfoten-Läufen, den Volksläufern für Hund und Herrchen. An die Gefahr eines Leinenrisses verschwendete ich jedenfalls keinen Gedanken mehr.

Kurz nach dem nächsten Startschuss fiel ich über die Leine eines anderen Hundes.

Jagdhund

Wenn wir unter uns sind, nenne ich meinen Hund nur den „ausgezeichneten Moritz", ist er doch höher dekoriert als ein Bundeswehrgeneral nach zwei Jahrzehnten Armeezugehörigkeit. Moritz hat sämtliche Prüfungen, die das Jagdhundewesen für seinesgleichen vorsieht, unter der Führung seines Frauchens mit Bravour bestanden. Auf die Verbandsjugendprüfung folgte die Herbstzuchtprüfung und als krönender Abschluss schließlich die Verbandsgebrauchsprüfung. Selbst für Jäger sind diese Namen Zungenbrecher, weshalb sie in der Szene meist nur als VJP, HZP und VGP bezeichnet werden. Im gleichen Atemzug mit den Abkürzungen nennt der Hundeführer meist die Punktzahl, welche sein Hund bei der jeweiligen Prüfung erreicht hat. Die Ergebnisse findet man später auch in Verbandsheften oder auf Internetseiten. Beim Um-die-Ohren-hauen von Zahlen stehen Jäger den ambitionierten Volksläufern in nichts nach.

Bei VJP, HZP und VGP dreht sich alles um Vorstehen, Wasserarbeit, Schussfestigkeit, Führigkeit, Verlorenbringen, Schweißfährten und Schleppen. Da sich die wenigsten Vokabeln aus dem Jägerlatein von selbst erklären, probiere ich mich nachfolgend gerne mal an einer – vermutlich überhaupt nicht waidgerechten – Übersetzung.

Beim Vorstehen geht es um die Körperhaltung des Hundes, mit der er die Sichtung von Wild anzeigt. Der Hund verharrt dabei in der Vorwärtsbewegung und zeigt mit dem angewinkelten vorderen Ellenbogen in eine bestimmte Richtung. Für mich sehen Vorstehhunde dabei immer so aus wie die zweidimensional gezeichneten Ägypter auf alten Vasen.

Wasserarbeit ist schneller erklärt: Der Hund betritt ohne Ente einen See und kommt mit Ente im Maul wieder heraus. Als Schussfestigkeit wird die Eigenschaft eines Hunde bezeichnet, nach dem Abfeuern eines Gewehrs keine Miene zu verziehen – Bestehen der Prüfungsanforderung durch Nicht-Reaktion, könnte man auch sagen. Hunde, die sich am Silvesterabend im Badezimmer verkriechen, sind nicht schussfest. Führigkeit beschreibt den Gehorsam des Hundes gegenüber seinem Führer. Was dieser sagt, sollte Gesetz sein.

Beim Verlorenbringen sucht der Hund zum Beispiel einen Fasan, der kurz zuvor vom Himmel geschossen wurde, dessen genauer Landeort mangels GPS-Ausstattung wild lebender, gefiederter Flugobjekte aber unbekannt ist. Im Gegensatz dazu haben Jagdhunde bei der Schleppe sowie der Schweißfährte einen konkreten Anhaltspunkt. Die Jäger lassen sie ihre Suche nämlich an einem Punkt beginnen, wo der Geruch eines Fuchses oder ein Tropfen vom Blut eines Wildschweins zu finden ist. Dann folgt der Hund entsprechend dem Geruch oder dem Blut und der Jäger dackelt hinterher.

Das Blut heißt bei den Jägern Schweiß. Das könnte damit zu tun haben, dass Hunde nur an den Füßen schwitzen, der „Schweiß" im Zusammenhang mit Hunden also nur ein Schattendasein führte und somit durchaus noch mit einer zweiten Bedeutung aufgeladen werden konnte. Jäger sind da aber ohnehin etwas eigen. Nicht einmal der Mond darf Mond heißen, sondern ist Schweinesonne getauft worden, weil man bei Vollmond die nachtaktiven Wildschweine besser sehen kann.

Die unterschiedlichen Jagdprüfungen sind mit dem Gürtelsystem von Karate- oder Judokämpfern zu vergleichen. Angefangen bei einer vermeintlichen leichten Einsteigerprüfung wachsen die Ansprüche bis zur Schwarzgurtprüfung fast in den Himmel, also in Richtung Schweinesonne. Die Durchfallerquote bei der höchsten Prüfung ist nicht zu unterschätzen und treibt die Prüflinge in der Vorbereitung zu einem Trainingsaufwand von sechs Tagen oder zwanzig Stunden wöchentlich – neben familiären und beruflichen Verpflichtungen, versteht sich. Diese Schätzung basiert freilich auf nicht handgestoppten Erfahrungen von mir als Strohwitwer.

Auf eine echte Jagd ist Moritz ähnlich heiß wie auf eine Runde Jogging. Nur gut, dass er vorher nicht gleich mit der ganzen Ausrüstung angerannt kommt. Denn einen Waffenschein hat selbst der ausgezeichnete Moritz nicht.

Wecker

Ich bin begeisterter Nutzer eines Weckers der Firma German Wirehaired Pointer Industries mit dem Markennamen „Moritz" (made in Germany). Es handelt sich dabei um einen rund dreißig Kilogramm schweren Schlafunterbrechungs-/Traumstörungsroboter in Hundegestalt. Der „Moritz" hat kein klassisches Display und nicht einmal mehr Tasten, um die gewünschte Weckzeit einzustellen. Beides ist verzichtbar, weil der „Moritz" mit tierischer Intelligenz funktioniert. Das wiederum ist die Weiterentwicklung der sogenannten künstlichen Intelligenz. Während diese mit Hilfe von Algorithmen die Weckzeit vergangener Wochen analysiert, ein Muster entdeckt und dann die Weckzeit des Folgetages kalkuliert hätte, kann der „Moritz" die Weckzeit schlicht wittern – ein technologischer Quantensprung.

Ein Beispiel: Der „Moritz" geht werktags zunächst einmal davon aus, dass der Nutzer am nächsten Morgen seinem Job nachgehen und daher pünktlich um sechs Uhr aufstehen muss. Wurde am Vortag aber urlaubstypisches Verhalten wie Alkoholkonsum oder Völlerei an den Tag gelegt, wird die Weckzeit nach hinten verlegt oder gestrichen. Hat der Nutzer wegen des vielen Essens aber gleichzeitig ein schlechtes Gewissen entwickelt, ist es umso wahrscheinlicher, dass er am nächsten Morgen direkt joggen gehen möchte. Deshalb belässt der „Moritz" die Weckzeit schließlich doch bei sechs Uhr.

Der Prozess des Aufweckens ist Moden, Trends und Wandlungen unterworfen. Früher hat der Hahn gekräht, dann schrillten Signaltonwecker mit Bombenalarm-Charme durch die Schlafzimmer der Republik und seit einiger Zeit rollen Lichtwecker den Markt auf. Sie werden stufenweise immer heller, bis auch der größte Morgenmuffel in gleißender Helligkeit aufwacht, obwohl er oft vermutlich denkt, er sei seiner irdischen Existenz entschlafen und wache im Himmel auf – oder unter der Flutlichtanlage von Schalke 04, was für manchen dasselbe ist. Der „Moritz" hingegen weckt anders. Der Schlafunterbrechungs-/Traumstörungsroboter fährt zu gegebener Zeit an die Seite des Nutzers und bläst diesem Luft in die Nase – ein patentiertes Verfahren der morgendlichen Direktbeatmung mit Sauerstoff. Wenn die Technologie nicht unendlich komplexer wäre, könnte der Anwender bei Dunkelheit fast denken, ein leibhaftiger Hund atme ihm ins Gesicht.

Der „Moritz" hat sogar eine Schlummerfunktion, die durch einen Sprachbefehl aktiviert wird, werksmäßig voreingestellt ist „Moritz: Geh auf dein Plätzchen!". Die Nutzer gewinnen dadurch fünf Minuten zusätzlichen Schlaf, dann geht der Weckvorgang von vorne los.

Sobald der „Moritz" sichergestellt hat, dass der Nutzer aufgewacht und aufgestanden ist, zieht er sich selbstständig an seinen Aufbewahrungsort zurück, um seinen Akku aufzuladen. Dabei darf der „Moritz" nicht gestört werden. Sonst drohen schwere Wartungsfehler.

Wasser

Wasser ist ein Lebenselixier. Moritz würde mit Sicherheit ergänzen, dass Wasser nicht nur das Leben an sich erhält, sondern auch die Lebensqualität. Er liebt Wasser über alles und springt bei jeder sich bietenden Gelegenheit hinein. Aus meiner Sicht steht fest, dass die Evolution aus dem Deutsch-Drahthaar über kurz oder lang eine Amphibie macht. Moritz jedenfalls ist im Wasser genauso schnell wie zu Land – relativ betrachtet natürlich, ein Leistungsschwimmer legt die 800 Meter schließlich auch langsamer zurück als ein Profileichtathlet.

Dabei war es anfangs schwierig, Moritz an das Wasser zu gewöhnen. Er ließ sich zwar zum See hinführen, verstand dann aber nicht, warum er hineinwaten sollte. Als er sich schließlich zu seinen ersten Schritten in das feuchte Element überwand, musste er feststellen, dass Wasser kalt und nass ist. Beide Eigenschaften ließen ihn an Land zurückkehren. Wir warfen einen Ball in den See, aber Moritz war damals noch nicht das, was wir heutzutage „Ball-Junkie" nennen. Zudem betrachtete er es nicht als sein Problem, dass das Spielgerät nun in der Mitte des Sees trieb. Er hatte es ja nicht hineingeworfen. Sollten doch Herrchen und Frauchen sehen, wie sie den Ball zurückerlangen.

Enten waren zu der Zeit, als Moritz seine Jagdausbildung noch nicht begonnen hatte, auch keine große Hilfe. Heute ziehen sie ihn magisch an. Da könnte das Wasser vermutlich auch eiskalt, dreckig, vom Sturm aufgewühlt und von Schnappschildkröten besiedelt sein. Vor drei Jahren waren Enten für Moritz hingegen nur schnatternde Mitgeschöpfe, die aus dem kalten, nassen See einen kalten, nassen und vollgeschissenen See machten.

Moritz' Abneigung gegenüber Wasser schlug erst in tiefe Liebe um, als Herrchen und Frauchen mit gutem Beispiel vorangingen. Für Außenstehende muss die Szene, in der zwei Menschen in zu Badeklamotten umfunktionierter Unterwäsche in einem Schwimmen-verboten-Baggerloch hocken und ihren Hund zum Hineinspringen motivieren, skurril ausgesehen haben. Doch es half. Nach einer halben Stunde hatte Moritz bereits eine beachtliche Arschbombe kultiviert und drehte kleine Runden durch das Wasser. Es dauerte allerdings noch ein paar Tage, bis er Technik und Schnelligkeit perfektionierte. Bälle und Enten traten kurze Zeit später als Trainingsreize ihren Dienst an.

Von seiner ursprünglichen Abneigung gegen das nasse Element hat sich Moritz einzelne Vorbehalte bewahrt. Sportliches Schwimmen oder jagdliche Wasserarbeit sind ein Fest für ihn, bei anderen Gelegenheiten sind die Anstrengungen zur Vermeidung von Tropfen komplizierter, als wenn er sie einfach hinnehmen würde.

Laufen wir im Joggingtempo auf eine Pfütze zu, rennt Moritz außen herum oder springt darüber, als betrieben wir keinen Ausdauersport sondern Weitsprung. Droht ihm nach längerer Pause wieder eine Dusche mit Hundeshampoo, ist er nur bei lauwarmem Wasser und im Tausch gegen ein Leberwurstbrot zur Kooperation bereit. Und wenn er im sommerlichen Garten übermütig wird, die Hündinnen aus seinem Rudel nervt oder unschuldigen Eichhörnchen hinterherjagt, kühlen wir ihn mit dem Gartenschlauch auf normales Temperament herunter. Das findet er gar nicht lustig.

Wasser scheint nicht gleich Wasser zu sein.

Bälle

Menschen kriegt man mit Sex, Geld oder Macht dazu, Dinge zu tun, die sie nicht freiwillig tun würden, weil diese vielleicht gefährlich, kriminell oder zu anstrengend sind. Ob Prostituierte, Patte oder Posten das richtige Mittel der Bestechung sind, hängt davon ab, ob man es mit einem Betriebsratsmitglied, einem gewöhnlichen Betrüger oder einem Politiker zu tun hat. Bekanntermaßen sind Hunde nicht in Wirtschaft, Mafia oder Politik aktiv. Aber auch Vierbeiner können schwach werden. Ihre Laster sind Futter oder Spielzeug.

Moritz war beim Fressen anfangs ziemlich pingelig. Das kennt man sonst von seinesgleichen gar nicht. Wir besitzen eine Tasse, die das Konterfei eines Deutsch-Drahthaar-Rüden zeigt; um ihn herum schweben Wesensmerkmale in einer Art Gedankenblase. Eine enthält den Spruch: „Ich habe einen gesegneten Appetit." Als Moritz noch ein Junghund war, konnte er hochnäsig an randvollen Futternäpfen vorbeigehen. Wir mussten uns ganz genau merken, welches Futter er bereit war zu sich zu nehmen, um keinen unterernährten Hund zu bekommen. Gleichzeitig wollten wir Moritz nicht verwöhnen. Zwischen Ziege, Lachs,

Rentier und Huhn können schließlich selbst viele Menschen nicht wählen. Also wendeten wir irgendwann die nicht Montessori-konforme Erziehungsmethode „Friss oder stirb" an. Zähneknirschend wählte Moritz „friss".

Vor die Wahl zwischen Frikadelle und Ball gestellt, würde sich Moritz aber immer für den Ball entscheiden.

Sein erstes Exemplar hat er beim Gassigehen selber gefunden. Es war kein besonders schöner Ball in seinem ausgeblichenen Orange, auf dem sich die Bissspuren des Vorbesitzers abzeichneten. Moritz war dennoch hellauf begeistert und trug das Spielgerät stolz mit sich herum. Noch begeisterter und stolzer war er nur, wenn wir ihm den Ball kurzfristig abnahmen, fünfzig Meter weit in die Ferne warfen und er hinterhersprinten musste.

Moritz fand an diesem Tag ein neues Hobby und wir einen Zugang zu seinem Unterbewusstsein. Seither haben uns zahlreiche Bälle beim Trainieren und Dressieren geholfen. Die Methode ist nicht ganz billig. Laut inoffizieller Statistik sind in den letzten Jahren vierzehn Bälle zerbissen und drei weitere – laut Verpackung „schwimmende Hunde-Spielzeuge" – im Meer versunken.

Zwischen der Bestechung von Hunden mit Bällen und jener von Menschen mit Geld gibt es einen entscheidenden Unterschied. Während Letztere immer wahrscheinlicher wird, je höher der Betrag ist, kennt die Käuflichkeit von Hunden eine natürliche Grenze – sie liegt bei einem Wert von 1, in Worten: eins. Mit mehr als einem Ball kann selbst Ball-Junkie Moritz nichts anfangen. Winken ihm als Belohnung zwei Spielbälle, erhöht das die Chancen auf perfekte Ausführung einer Anweisung oder Erlernung komplexerer Befehle jedenfalls nicht. Eigentlich schade: Wäre es anders, könnte Moritz lesen, schreiben und mit Messer und Gabel essen.

Mensch

Hunde sind keine Menschen. Zwar entspricht ihr Genom zu etwa 30 Prozent dem eines „Homo sapiens", aber ein „Canis lupus familiaris" sollte dennoch nicht mit einem Menschen verwechselt werden. Beim Antreffen zweier Exemplare auf einem Fleck hilft die Vorkenntnis weiter, dass es sich beim Wesen auf vier Pfoten mit Fell um einen Hund und bei seinem aufrecht stehenden Begleiter um einen Menschen handelt. Oder noch einfacher: Der mit der Leine in der Hand ist der Mensch. Ausnahmen bestätigen die Regel. Die Unterscheidung zwischen Mensch und Hund beherrschen Laien aber meist sicherer als einige Hundebesitzer, bei denen die Grenze zwischen Hausherr und Haustier längst fließend ist.

Seinen Hund als ein Familienmitglied zu begreifen, finde ich noch ziemlich unproblematisch. Schon eine Spur befremdlicher ist für mich die Verwendung der Begriffe Papa und Mama für Herrchen und Frauchen. Hier wird vermenschlicht, was biologisch unmöglich ist. Ich hänge nicht an „Mutter/Vater/Kind" und kann mir auch „Mutter/Mutter/Kind", „Vater/Vater/Kind", „Mutter/Kind" oder „Vater/Kind" vorstellen, bei „Mutter/Vater/Hund" muss ich aber kurz schlucken. Sei's drum: Wenigstens kann der Hund aus der bloßen Verwendung der Begriffe Papa für Herrchen und Mama für Frauchen keinen höheren Status ableiten, denn für ihn sind die Wörter einerlei.

In die Kategorie „etwas irre, aber auch irrelevant" fallen Geburtstagsfeiern für den Hund. Nach einem Tag mit besonders leckerem Essen wird der Vierbeiner noch nicht damit beginnen, die Rangordnung in Frage zu stellen. Bei Moritz konnte ich keine Verhaltensänderung feststellen, nachdem er an einem 14. Februar ein Valentinstags-Ragout verzehren durfte – mein Blumenhändler hatte es mir geschenkt.

Dagegen werden sich Hundehalter, deren Tiere im Bett schlafen dürfen, unter Garantie eines Tages mit Autoritätsproblemen konfrontiert sehen. Abgesehen von den offensichtlichen hygienischen Vorbehalten, suggeriert ein gemeinsamer Schlafplatz dem Hund eine Gleichrangigkeit zu Herrchen oder Frauchen. Dominanten Hunden reicht bereits die Erlaubnis, auf der Couch ruhen zu dürfen, um bei der nächstbesten Gelegenheit die Hackordnung zu hinterfragen. Ehe sich solche Hundebesitzer versehen, sitzen sie auf dem Boden und der Hund auf der Couch. Es ist kein Hundeführerschein nötig, um zu wissen: Es sollte andersrum sein.

Behandlungsbedürftig ist es aus meiner Sicht auch, wenn Hunde modisch eingekleidet, frisiert oder parfümiert werden. Ein Vierbeiner hat ganz sicher kein Bewusstsein für sein äußeres Erscheinungsbild oder seinen Duft. Und Hundebesitzer, die den Geruch ihres Tieres nicht ertragen, hätten von seiner Anschaffung gleich absehen sollen. Anders gelagert ist der Fall natürlich, wenn der Hund im Winter sichtlich friert oder ihm sein Haarwuchs buchstäblich die Sicht nimmt. Dann sind ein wärmendes Jäckchen und eine Frisur absolut geboten. Aber es müssen nicht gleich ein pinkes Designer-Kleidungsstück oder ein Schnitt aus dem Hundesalon sein. Ich befürchte aber, die gruseligsten Beispiele dieser „Daisykratisierung" der Hundehaltung sind mir noch gar nicht begegnet.

Unterbewusst wissen jedoch selbst die schlimmsten Hundenarren, dass es sich bei ihrem Liebling um einen Hund und nicht um einen Menschen handelt. So ist es nach dem Tod eines Hundes durchaus üblich, sich direkt nach einem neuen Tier umzusehen – nicht selten wird es die gleiche Rasse vom selben Züchter. Ich habe hingegen noch nie gehört, dass sich Eltern nach dem Tod eines Kindes sofort Gedanken über einen Nachfolger machen.

Auto

Manche Hunde fremdeln mit dem Autofahren. Die Ablehnung ist nach meiner Einschätzung eher typ- als rasseabhängig. Ängstliche Hunde scheinen immer den Verdacht zu haben, man könnte sie ins Tierheim oder zu einem chinesischen Schlachter bringen und betreten das motorisierte Gefährt nur unter Protest.

Neben psychischen Probleme, mag die Abneigung manchmal auch körperliche Gründe haben. Autofahren bekommt eben nicht jedem. Das kennt man auch von Zweibeinern. Wenn Menschen unter Übelkeit und Kopfschmerzen beim Autofahren leiden, futtern sie Reisekaugummis – ich glaube die meistverkaufte Sorte heißt Placebomint – oder befolgen den Rat, nicht aus dem Fenster zu starren und die Welt an sich vorbeirauschen zu lassen, sondern einen Punkt in der Ferne zu fixieren. Beides klappt bei Hunden nicht: Reisekaugummis sind nicht auf Hundegebisse und Entspannungsübungen nicht auf Hundegehirne ausgelegt.

Moritz liebt das Autofahren. Ich finde das nicht erstaunlich angesichts eines Fuhrparks, der aus einem Mercedes-Oldtimer und einem

Offroader besteht – Chauffeur inklusive. Moritz unterscheidet grundsätzlich zwischen Autofahrten mit und ohne Koffer. Wenn wir ohne Gepäck reisen, vermutet er eine Fahrt zur nahegelegenen Freilauffläche. Um sicherzugehen, dass wir nicht daran vorbeifahren, meldet er sich an der letzten Ampel mit einer Art lautem Gähnen, das uns daran erinnern soll, die nächsten beiden Linkskurven zu nehmen und auf den Parkplatz aufzufahren. Manchmal fahren wir am Parkplatz vorbei, weil wir dahinter etwas zu erledigen haben. Schließlich muss Herrchen auch mal tanken oder einkaufen. Die Konsequenz: Beim nächsten Mal gähnt Moritz lauter.

Wenn wir hingegen Reisetaschen in den Kofferraum wuchten, geht Moritz zu Recht von einer längeren Fahrt aus. Solange er annehmen darf, mitgenommen zu werden, ist er damit vollkommen einverstanden. Wir befinden uns noch kaum auf der Autobahn, da hat sich Moritz bereits in den Schlaf schaukeln lassen und wacht erst acht Stunden später wieder auf – vielleicht sind wir dann schon in Dänemark. Ehe wir uns versehen, hat sich Moritz die Müdigkeit aus den Knochen geschüttelt und nimmt einen weitläufigen Nordseestrand unter die Pfoten.

Mit Bahnfahrten muss man Moritz erst gar nicht kommen. Es ist immer das Auto, welches ihn in ein Abenteuer katapultiert. Die Reihenfolge geht so: einsteigen, einschlafen, aufwachen, aussteigen, Action! Für ihn ist ein Auto eine Zeit- und Raumkapsel, die ihn nach gefühlt nur fünf Minuten in den Urlaub beamen kann. Wahrscheinlich fragt er sich, warum wir nicht häufiger mal spontan nach Skandinavien fahren.

Hundekot

Hundekot unterm Schuh ist Scheiße und daher scheiße, wenn Sie mir diesen sprachlichen Kniff gestatten. Es stinkt und man braucht ewig, um den Treter zu säubern. Auch nach einer intensiven Reinigung trage ich noch mehrere Tage den schlimmen Verdacht mit mir herum, es könnte immer noch müffeln. Nicht jeder Schuh ist für die Prozedur geeignet, der ich meinen Laufschuh unterziehe. Ich gehe zehn Kilometer mit ihm joggen und nehme dabei jede Pfütze mit. Auf diese Weise wird der Schuh unter Garantie porentief rein.

Ich weiß aus eigener Erfahrung: Der Tipp kommt nicht bei jedem gut an. Um ein friedliches Zusammenleben von Hundehaltern und Menschen ohne Vierbeiner zu ermöglichen, haben die Vereinten Nationen daher den Kotbeutel erfunden.

Ich besitze inzwischen eine stattliche Sammlung dieser Beutel. Wenn ich in dieser Stelle zu Spenden aufrufe, könnte ich bald eine Dauer-Ausstellung über die „Kacktüten" eröffnen. Auf einer Führung durch das „Museum für zeitgenössische deutsche Hundekotbeutel" könnte ich dann folgenden Vortrag halten:

„Liebe Besucher: Wie Sie sehen, haben die bundesweit rund 1200 verschiedenen Kotbeutel ganz unterschiedliche Farben. Vorherrschend ist orange. Diese Farbe wird gemeinhin den Müllmännern zugesprochen und passenderweise sind es im Falle zu entfernender Hundehaufen ja auch Herrchen und Frauchen, welche in diese Rolle schlüpfen. Wie auch die roten Exemplare haben orange Beutel den Vorteil, dass sie den Hundehaltern aus den von den Kommunen und Städten in Parks aufgestellten Spendern geradezu entgegenleuchten. Im Einzelhandel hingegen sind meist schwarze, dunkelgrüne oder blaue Beutel anzutreffen. Einen Aufschluss über die Qualität der Produkte geben die Farben freilich nicht.

Bitte fassen Sie die Exponate nicht an. Am Ende des Ganges können Sie Stoffproben aller hier ausgestellten Kotbeutel genau unter die Lupe nehmen. Sie werden erstaunt sein, wie unterschiedlich sich die Beutel anfühlen. Lassen Sie mich aber schon an dieser Stelle sagen, dass es sogar wasserlösliche und biologisch abbaubare Tüten gibt, deren Zersetzung knapp anderthalb Jahre dauert. Selbstverständlich müssen auch diese Kotbeutel in normalen Mülltonnen entsorgt werden.

Schauen Sie nun bitte auf die gegenüberliegende Wand. Dort haben wir alle Kotbeutelmotive des Jahres auf eine Leinwand drucken lassen, um die Bandbreite der Produktbebilderung darzustellen. Die Kunstszene hatte anfangs noch Probleme, sich von der Darstellung eines Hundes in der typischen, buckligen Kackstellung zu lösen. Mittlerweile jedoch finden sich auch subtilere Motive wie Pfotenabdrücke, Knochen oder lachende Hundeköpfe auf den Tüten. Wer ist nach dem Stuhlgang nicht gut gelaunt? Um ein Prüfsiegel zu erhalten, muss allerdings sichergestellt sein, dass man die Kotbeutel nicht mit Gefrierbeuteln verwechseln kann."

Es ist übrigens ein städtisches Museum. Zur verschwiegenen Wahrheit gehört: Die Spender in den Parkanlagen sind nie voll. Es ist unmöglich, seine Hundesteuer über Kotbeutel zu refinanzieren.

Katzen

Vergessen Sie Industrieverbände, Gewerkschaften und Kirchen. Den stärksten Einfluss auf unsere Politiker übt ohne Zweifel die Lobby der Katzenliebhaber aus. Adresse, Satzung und auch die führenden Personen innerhalb der Miezenlobby sind unbekannt, was ihre Erfolge nur umso bemerkenswerter macht. In Deutschland ist seit dem Zweiten Weltkrieg nicht eine einzige katzenkritische Verordnung erlassen worden. Die Politik arbeitet sich dafür lieber an den Hunden und ihren Besitzern ab.

Beispiel gefällig? Während Städte und Kommunen mit Vorliebe Hundesteuern eintreiben und sich bei den Tarifen für Zweithunde und vermeintlich gefährliche Listenhunde geradezu überschlagen, kassieren sie von den Katzenbesitzern keinen müden Cent. Mir ist das die Steuerbefreiung rechtfertigende Alleinstellungsmerkmal von Katzen nicht bekannt. Ich könnte mich irren, aber nach meinen Beobachtungen machen Katzen Dreck, sie vermehren sich und können eine Gefahr für die Allgemeinheit darstellen – ganz so wie Hunde auch. Trotzdem gibt es von einer Steuer keine Spur.

Auch in Versicherungsdingen sieht es für Katzenhalter besser aus. Die Haftpflicht eines Halters für Schäden, die seine Katze verursacht hat, decken die meisten Privathaftpflichtversicherungen standardmäßig mit ab. Einer Katzenhaftpflichtversicherung bedarf es nicht. Anders die Hundehalter: In manchen Bundesländern müssen sie eine Hundehaftpflichtversicherung abschließen, andernorts ist es ihnen dringend zu empfehlen, denn auf Schutz aus der Privathaftpflicht können sie nicht bauen.

Diesen Unterschied kann ich mir sogar erklären. Hunden wird zum Verhängnis, dass sie von Herrchen oder Frauchen nach draußen begleitet werden und sich ein Anspruchsteller im Schadenfall an die Zweibeiner wenden kann. Katzen hingegen streunen alleine durch ihr Revier und wenn sie einen Verkehrsunfall verursachen, verlassen sie den Tatort, ohne eine Visitenkarte zu hinterlassen. Wo kein Täter, da keine Haftpflichtversicherung. Die Kosten für die verbleibenden Beißattacken auf die Gäste von Katzenherrchen und -frauchen im heimischen Wohnzimmer kann deren private Haftpflichtversicherung dann locker übernehmen.

Ihre Zähmung wird den Hunden auch in der

Brut- und Setzzeit zum Verhängnis. Vielerorts müssen sie von April bis Juli pauschal angeleint werden, damit etwa brütende Vögel oder Tiere, die Junge bekommen, nicht gestört werden. Die Anleinpflicht kann zeit- und stellenweise durchaus Sinn machen. Nur trifft sie die profiliertesten und grausamsten Killer überhaupt nicht: die Katzen. Dass die Stubentiger draußen Vögel töten wie wir Menschen lästige Fliegen, ist bekannt. Dass sie das Töten regelrecht zelebrieren und pro Jahr oft mehrere Dutzend Singvögel zur Strecke bringen, traut man ihnen kaum zu. Eine Diskussion über eine Ausgangssperre für Katzen in der Brut- und Setzzeit hat die Miezenlobby bislang jedoch erfolgreich verhindert.

Ich bin mir sicher. Wenn die Miezenlobby so weitermacht, wird bald die Hundesteuer erhöht, um mit den Mehreinnahmen ein Katzengeld zu finanzieren – Katzengeld wie Kindergeld.

Leine

Haben Sie von dem Umfrageergebnis gehört, wonach 26 Prozent der Autofahrer davon überzeugt sind, dass ein Auto keine Bremsen braucht? Nein? Kein Wunder, denn die Umfrage ist frei erfunden. Besagte 26 Prozent müssten ja auch schön blöd sein. In manchen Situationen ist eine Bremse einfach hilfreich, um einen Zusammenstoß zu vermeiden. Es ist auch nichts Ehrenrühriges daran zu bremsen und vermutlich wäre ein Wagen ohne Bremsen nicht einmal viel billiger.

Hundehalter ohne Bremsen gibt es einige – mit dem kleinen Unterschied, dass Bremsen hier Leinen heißen. Ist aber im Prinzip das Gleiche. Obwohl: Eigentlich fungieren Leinen bei Hunden als Bremse und Lenkrad in einem, denn man kann seinen Hund damit stoppen, zurückziehen oder in eine bestimmte Richtung steuern. Schon praktisch so eine Leine.

Gefühlte 26 Prozent finden das nicht. Sie haben dafür ihre Gründe, aber definitiv keine überzeugenden. Auf meinen Dauerläufern mit meinem angeleinten Hund Moritz als Zugpferd oder bei Spaziergängen habe ich im Laufe der Jahre die abenteuerlichsten Begründungen für einen Leinenverzicht gehört – ich warte noch auf ein überzeugendes Argument.

Am häufigsten begegnet mir die Behauptung von Hundehaltern, ihr Hund höre auf's Wort und brauche daher keine Leine. Vielleicht hört der Hund tatsächlich auf *ein* Wort, aber wenn er noch während des wortreichen Vortrags seines Herrchens Reißaus in Richtung Straße nimmt, einem Hasen hinterherjagt oder auf einen anderen Hund losgeht, dann hört er zumindest nachweislich nicht auf's *erste* Wort. Wenn nichts passiert, hat das viel mit Glück und wenig mit Hundeerziehung zu tun. Irgendwann kehrt der Hund zu seinem Herrchen zurück. Er tut das aus freien Stücken und nicht weil es ihm befohlen wurde. Dem Herrchen dienen Jagdausflüge oder Raufereien, die nicht länger als zwei Minuten dauern, dennoch als Rechtfertigung für den Leinenverzicht.

Gerne wird Leinenlosigkeit damit begründet, dass bisher nichts passiert sei. „Ich habe seit dreißig Jahren Hunde und es ist noch nie etwas vorgefallen", heißt es dann auf dem Radweg, der parallel zu einer Landstraße verläuft und nur durch einen schmalen Grünstreifen von dieser getrennt ist. Oder an der roten Ampel, die der Hund „lesen" kann. Oder vor dem

Zebrastreifen, dessen Vorfahrtsbedeutung der Hund kennt. Ich kann mir nicht helfen. So ein Verhalten schreit geradezu danach, dass etwas passiert. Wenn sich Dinge, welche zu einem bestimmten Zeitpunkt noch nicht eingetreten waren, nachfolgend nie ereignet hätten, dann hätte es 1914 keinen Weltkrieg, 1966 keinen Fußball-Weltmeister England und 2005 keine Bundeskanzlerin gegeben. Dinge können erstmals geschehen: Im Sport nennt man das Debüt, im Theater Premiere, nur für einen Hund auf der Autobahn fällt mir der Ausdruck gerade nicht ein. Dafür ein anderer: vermeidbar.

Dann gibt es da noch diese sozialromantischen Geschichten über Hunde, die früher – katzengleich – alleine durch das Dorf streifen konnten und abends von ganz alleine und völlig unfallfrei wieder den Weg nach Hause fanden. Zwischendurch holten sie sich beim Metzger ein Stück Wurst ab und klopften bei Verwandten an die Tür – klopfen im Sinne von bellen. Heute gibt es mehr Verkehr, mehr Straßen und mehr Hundehasser, wodurch es sich verbietet, seinen Hund alleine losziehen zu lassen.

Hunde sind vielleicht keine Autos, aber deshalb sind sie noch lange keine Katzen.

Zum Autor

Sören Emmzwoaka wurde 1983 in Köln geboren und hat seitdem vor allem gelesen, geschrieben oder seine Laufschuhe geschnürt. Seit 2012 bereichert ein Hund sein Leben. Von Haus aus ist Emmzwoaka Versicherungskaufmann, Diplom-Kaufmann (FH) und Journalist. Außerdem besitzt er einen Master of Science in Wirtschaftsgeschichte.